© 2002 do texto por Martin Widmark
© 2002 das ilustrações por Helena Willis

Publicado originalmente por Bonnier Carlsen Bokförlag, Estocolmo, Suécia.
Traduzido da primeira publicação em sueco intitulada *LasseMajas Detektivbyrå: Hotellmysteriet*.

Direitos de edição em língua portuguesa adquiridos por Callis Editora Ltda. por meio de contrato com Salomonsson Agency.
Todos os direitos reservados.
2ª edição, 2024
1ª reimpressão, 2025

TEXTO ADEQUADO ÀS REGRAS DO NOVO ACORDO ORTOGRÁFICO DA LÍNGUA PORTUGUESA

Coordenação editorial e revisão: Ricardo N. Barreiros
Tradução: Suzanna Lund
Diagramação da edição brasileira: Thiago Nieri

Dados Internacionais de Catalogação na Publicação (CIP)
Angélica Ilacqua CRB-8/7057

Widmark, Martin

O mistério do hotel / Martin Widmark ; tradução de Suzanna Lund ; ilustrações de Helena Willis - 2. ed. - São Paulo : Callis Ed., 2024.
72 p. : il.   (Coleção Agência de Detetives Marco & Maia)

ISBN 978-65-5596-247-5
Título original: *LasseMajas Detektivbyrå : Hotellmysteriet*

1. Literatura infantojuvenil sueca I. Título II. Lund, Suzanna III. Willis, Helena IV. Série.

24-1392   CDD: 028.5

Índices para catálogo sistemático:
1. Literatura infantojuvenil sueca

ISBN 978-65-5596-247-5

Impresso no Brasil

2025
Callis Editora Ltda.
Rua Oscar Freire, 379, 6º andar • 01426-001 • São Paulo • SP
Tel.: (11) 3068-5600 • Fax: (11) 3088-3133
www.callis.com.br • vendas@callis.com.br

O mistério do hotel

Martin Widmark

ilustrações de
Helena Willis

Tradução:
Suzanna Lund

callis

Mapa da cidade de Valleby
Porto
Jornal de Valleby
Biblioteca
6
2
VB RED.
PRAÇA DO HOTEL
Hotel
café
CINEMA
RIO

Personagens:

Marco　　　　　　　Maia

Roni Hazelwood

Rune Andersson

Rita Heijalainen

Pierre Rousseau

Família Akero[1]

Sra. Akero

Sr. Akero

Srta. Pomona[2]

Ribston[3]

---

[1] Akero é um tipo de maçã específico de Flen e recebeu esse nome em referência ao castelo da cidade.
[2] Pomona: deusa dos pomares.
[3] Ribston Pippin: um tipo famoso de maçã de Yorkshire.

Capítulo 1

Véspera de Natal

Todo ano, na véspera de Natal, quase todos os moradores de Valleby faziam a mesma coisa. Eles comemoravam o Natal com uma ceia no hotel da cidade. Almôndegas, presunto, peixes e batatas eram servidos em grandes travessas no lindo refeitório.

Lá vinha Joca Svensson. Ele era o zelador da igreja, mas, naquele dia, como os demais habitantes do lugar, estava de folga e participaria da ceia de Natal no hotel. Ao chegar, tirou a capa, o cachecol e o chapéu, limpou o excesso de neve e colocou tudo no balcão da chapelaria.

— Feliz Natal, Svensson.

Joca Svensson olhou surpreso. Ali na recepção encontrava-se alguém que ele conhecia. Era o Marco! Uma vez, esse menino ficou espionando, com um binóculo, de dentro da igreja. Ele dissera que estava admirando os pássaros, mas na realidade tentava resolver um caso complicado de diamantes que haviam desaparecido da joalheria que ficava do outro lado da rua.

— Puxa, Marco! Você está trabalhando aqui? Não há pássaros para serem observados — falou rindo Joca Svensson.

— Estou fazendo um bico nas férias de inverno, ajudando o meu tio. A maior parte do tempo, fico na chapelaria. Às vezes, vou resolver algo na rua, outras carrego as malas até os quartos e de vez em quando fico na recepção.

— E sua amiga? O nome dela é Maia, não é? Li tudo sobre vocês no jornal.

— A Maia está na cozinha, descascando batatas e lavando louça.

— E aí, não estão trabalhando em nenhum caso emocionante?

Marco balançou negativamente a cabeça.

— Então, está bem! A ceia de Natal me espera — finalizou Joca Svensson. — Feliz Natal, e mande lembranças a Maia — ele disse enquanto desaparecia em direção ao refeitório.

Marco acompanhou Joca com o olhar e pensou em Maia.

Marco e Maia eram os melhores amigos um do outro. Estudavam na mesma classe e eram sócios em um negócio, a Agência de Detetives Marco & Maia. O escritório deles ficava no porão da casa de Maia. Lá havia tudo o que precisavam para a arte da espionagem: binóculos, câmera, espelhos, lanternas e lupas.

Agora possuíam até um computador próprio. Os pais de Marco e Maia também se conheciam e naquele momento estavam viajando juntos por alguns dias. Só voltariam um dia depois do Natal. Marco e Maia insistiram muito para ficar em casa.

— Temos que cuidar da empresa — justificou Marco.

— Precisamos instalar o computador — argumentou Maia.

Por fim, os pais concordaram que ficassem em casa. Receberiam os presentes de Natal quando estivessem de volta. Marco e Maia se hospedariam na casa do tio de Marco, Luís. Ele trabalhava no hotel da cidade, perto da praça central, e perguntou se eles queriam ajudá-lo. Os dois responderam que sim. Talvez pudesse acontecer algo emocionante.

— Oi, Marco! Novidades? — Maia quis saber, ao passar por ele.

Ela estava na sua pausa do almoço e aproveitou para passear pelo hotel.

— Não, nada de especial — disse Marco.

Ele percebeu que ela ficou desapontada. Maia estava sempre à procura de casos interessantes para a agência de detetives.

— O diretor do hotel quer conversar conosco às 16h em seu escritório — avisou Maia. — Ele vai nos contar sobre a comemoração de Natal e parece que vem uma família muito importante para cá amanhã.

— Ok — respondeu Marco. — A gente se vê lá.

E Maia continuou sua caminhada.

Capítulo 2

Visita ilustre no hotel

Às 16h, a sala do diretor encontrava-se cheia de gente. O diretor do hotel, Roni Hazelwood, era um homem na faixa dos cinquenta anos, tinha costeletas grandes, mas nenhum fio de cabelo no topo da cabeça.

Chegou a Valleby, vindo de Londres, em uma tarde chuvosa de outono alguns anos atrás. Sua mulher o havia deixado e ele se mudara para poder ficar sentado à beira-mar escrevendo poesias. Foi então que conheceu o hotel, que estava caindo aos pedaços, e decidiu: ali começaria uma nova vida. Um ano depois, o hotel apresentava-se impecável.

O tio de Marco comentara que o diretor tinha uma força de vontade de ferro, um coração de ouro e a carteira vazia como um saco furado. Restaurar o hotel provavelmente custara milhões.

Ele juntou todos os colaboradores em volta da mesa de sua sala.

Ao lado direito do amável diretor estava o resmungão Rune Andersson, que trabalhava na recepção. Marco e Maia não gostavam dele. Ele tinha o costume de atazanar a vida dos outros funcionários. Rune Andersson parecia achar que era o dono do hotel e queria que Marco e Maia o chamassem de Sr. Andersson.

O tio de Marco contou que Rune era solteiro porque nenhuma mulher queria um homem que não sabia sorrir e só pensava em ficar admirando sua coleção de selos.

O recepcionista mal-humorado começou a batucar com os dedos fortemente, querendo deixar claro que não tinha tempo para permanecer sentado esperando.

Ao lado do desagradável Rune Andersson estava uma pessoa que era o seu oposto. A linda e sempre alegre Rita Heijalainen. Ela veio da Finlândia e era a cozinheira do hotel. Diziam que o diretor Hazelwood estava um pouco apaixonado por ela. Rita sonhava em abrir seu próprio restaurante na França.

Mas, infelizmente, ela não tinha dinheiro suficiente. Por isso, gastava todo o seu salário jogando em loterias, na esperança de ganhar o prêmio máximo. Nesse exato momento, estava abrindo uma raspadinha.

— Ah... — ela riu e passou a mão na cabeça de Marco. — Nada de novo! Mas um dia eu ganho e me mudo para a França!

Na frente da linda e gentil Rita, estava sentado o faxineiro do hotel, seu nome era Pierre Rousseau, um francês moreno e triste. Pierre não falava muito, porém, Marco e Maia já haviam notado que ele e Rita passavam o horário do almoço sentados um ao lado do outro cochichando.

— Então — disse Roni Hazelwood —, chegou a hora da tradicional comemoração de Natal do nosso hotel — o diretor sorriu com o rosto inteiro. —

Este ano será assim: Maia ajudará Rita com a casa de biscoitos natalinos que ficará na recepção; amanhã cedo, Marco vai decorar a árvore de Natal do salão. Será lá que distribuiremos os presentes às 16h. Eu serei o Papai Noel, como de costume. Não teremos uma cabra de Natal neste ano?

E se voltando para Rune:
— Você poderia fazer esse papel!
O diretor do hotel sorriu e gentilmente deu um tapinha no peito de Rune Andersson. Maia percebeu que o lábio de cima dele se contraiu, parecendo o início de um sorriso. Mas Maia imaginou, e

talvez tivesse razão, que Rune Andersson, na verdade, gostaria era de morder a mão de Hazelwood.

O diretor continuou, sem se dar conta quão bravo o recepcionista ficara:

— Amanhã não é apenas o dia de Natal mas também uma data muito importante para o hotel. A família Akero telefonou, reservando a melhor suíte. Eles disseram que querem passar uma longa temporada por aqui, o que significa muito dinheiro para o hotel. E esse dinheiro é necessário, só os deuses sabem quanto! Então, tudo tem que funcionar perfeitamente.

Marco e Maia perceberam que o diretor estava nervoso.

— A família consiste no senhor e na senhora Akero e sua filha, a pequena senhorita Pomona — contou o diretor. — Mas eles viajam também com um pequeno cachorro de colo que atende pelo nome de Ribston.

Hazelwood prosseguiu falando sobre a bela família:

— O senhor Akero deixou claro quando ligou que o cachorro precisa ser tratado com muito respeito, pois, caso contrário, pode ficar triste e parar de comer. É um cachorro bastante caro e exclusivo. Portanto, nada de errado pode acontecer com ele! — concluiu o diretor.

— Vai dar tudo certo com o cachorro, pode ficar tranquilo — disse Rita sorrindo.

O diretor relaxou um pouco e olhou agradecido e com carinho para Rita.

— Acho que é isso! — ele falou, encerrando a reunião.

Os funcionários saíram da sala para dar seguimento às suas atividades: a preparação da ceia de Natal.

CAPÍTULO 3

Pouco dinheiro

Na manhã seguinte, data da comemoração, fez um lindo dia de inverno. O céu estava limpo e fazia frio. A neve emitia um barulho embaixo dos sapatos de Marco, Maia e do tio Luís. Mas dentro do hotel permanecia quente, e podia se sentir o cheiro de café e biscoitos natalinos.

Maia e Marco cumprimentaram Rune Andersson que estava sentado na recepção. Ele lia uma revista sobre selos. Maia se lembrou do que o tio de Marco dissera na noite anterior: que um selo muito raro estava à venda, mas que Rune Andersson não tinha dinheiro para comprá-lo.

Por esse motivo, seu humor mostrava-se péssimo!

— Feliz Natal, senhor Andersson! — disseram Marco e Maia.

Rune resmungou uma resposta, sem tirar os olhos da revista.

Já o faxineiro Pierre Rousseau arrumava as lindas flores de Natal. Marco recordou o que acontecera na tarde anterior e começou a rir. O carteiro trouxera um pacote para um tal de Pire Rossau.

— É francês, e o jeito certo de se dizer é Piér Russô — Marco explicara para ele.

Pierre abrira o pacote no refeitório, e dentro dele havia queijos e biscoitos da França. A sua mãe tinha enviado coisas gostosas para seu filho.

Ela sabia que Pierre sentia saudades de casa e, com seus pacotes, tentava atrai-lo de volta.

Maia desapareceu em direção da cozinha e Marco foi até o salão. Ele precisava decorar a grande árvore, pois tio Luís chegara com uma caixa cheia de enfeites. Marco começou seu trabalho. Ele pendurou as bolas de Natal, os gnomos e as bandeirinhas. Também jogou um pouco de brilho por cima dos galhos. Quando estava por trás da árvore, mal se notava a sua presença, perdido em meio a enfeites e galhos.

Então, ele ouviu algumas pessoas entrarem no salão. Marco reconheceu as vozes, eram Rita e Pierre que conversavam.

Eles não viram Marco atrás da árvore e pensaram que estavam sozinhos no local.

Rita não parecia nada com a pessoa alegre de sempre. Ao contrário, dava a impressão de estar triste e brava.

— Se formos abrir o nosso próprio restaurante — dizia Rita —, precisaremos de 200 mil coroas. Onde vamos conseguir esse dinheiro?

— Mas, minha querida — argumenta Pierre Rousseau —, mamãe já disse que podemos pegar emprestado o dinheiro dela.

— Eu me recuso a pegar dinheiro da sua coroa. Não, obrigada! Nesse caso, prefiro continuar trabalhando aqui! — resmungou Rita.

Em seguida, Rita e Pierre saíram do salão.

Ao mesmo tempo, Maia estava do lado de fora da sala do diretor, ela ficou parada atrás da porta entreaberta. Hazelwood se encontrava ao telefone e aparentava nervosismo.

— Eu juro! Vocês receberão o dinheiro em alguns dias — ele disse.

Roni Hazelwood reclamou algo e desligou o telefone. Maia continuou sua caminhada, como se não tivesse ouvido nada.

Capítulo 4

Um basset maçã chinesa

Era meio-dia e a chique família Akero deveria chegar ao hotel a qualquer momento. Os funcionários estavam todos alinhados ao lado da recepção. E a família, finalmente, chegou!

Primeiro entrou a elegante Sra. Akero, coberta por um casaco de pele. Logo na sequência, veio o Sr. Akero, um homem pequeno, certamente uma cabeça mais baixo que sua mulher. E por fim, adentrou a filha, a pequena Srta. Akero. O Sr. Akero carregava uma almofada de veludo vermelho, nela estava deitado o cachorro mais gordo que Maia e Marco já haviam visto.

"Esse cachorro, com certeza, nunca fez greve de fome!", pensou Maia.

Ela estendeu a mão para acariciá-lo. Ribston se mostrou espantosamente rápido, ao virar sua cabeça na tentativa de morder Maia.

Maia retirou sua mão rapidamente. A pequena Srta. Pomona esclareceu:

— Ribston não gosta que os funcionários dos hotéis mexam com ele. O basset maçã chinesa é um cachorro muito sensível, já nos ofereceram 200 mil coroas por ele, mas não pretendemos vendê-lo.

Marco observou todos os funcionários ao seu redor. O diretor, Pierre e Rita ficaram com uma expressão diferente. Como se não estivessem olhando um amado bicho de estimação, mas sim um bolo de notas. Um monte de dinheiro bufante, deitado em uma almofada de veludo. Marco e Maia sabiam que muitas pessoas do hotel precisariam daquela quantia.

— Faremos tudo para que se sintam bem aqui em nosso hotel — disse o diretor de maneira exagerada. — Logo mais, às 16h, haverá a distribuição dos presentes de Natal para as crianças.

Marco pegou uma mala em cada mão e subiu as escadas até a suíte de luxo, onde a família ficaria hospedada. Ele viu as etiquetas de endereço que estavam penduradas na bagagem. Nome de hotéis conhecidos em Estocolmo, Gotemburgo e Malmö. "Essa família está acostumada a se hospedar bem e em lugares caros", pensou. E abriu a porta do quarto 13, colocando as malas no chão.

Às 16h, os funcionários do hotel e os hóspedes estavam reunidos em volta da árvore de Natal. Na lareira brilhava uma linda chama. Então, alguém bateu à porta do salão. Era o diretor que se apresentava vestido de Papai Noel. As crianças pequenas arregalaram os olhos.

— Ho! Ho! Ho! — ele disse. — Tem alguma criança boazinha aqui?

Era visível que o diretor gostava de se vestir de Papai Noel e distribuir presentes, acreditando que ninguém o reconhecia. Com sua barba postiça e gorro, ele passeava pelo salão dando presentes.

A pequena Srta. Pomona permanecia ao lado da árvore, puxando uma bola de vidro.

— Temos aqui uma pequena criança que com certeza foi muito boa este ano — disse o diretor. Ele tentou dar um tapinha na cabeça da pequena Srta. Pomona, mas ela se abaixou, fugindo do toque, e arrancou o presente das

mãos do Papai Noel. Em seguida, correu através do lugar gritando:

— Olhe, mamãe! Veja o que eu ganhei desse diretor desajeitado!

O diretor sorriu um pouco sem graça, entregou o restante dos embrulhos e desapareceu.

A noite seguiu com dança em volta da árvore e ceia no salão grande. Roni Hazelwood havia trocado de roupa e estava sentado ao lado do Sr. Akero.

— E o pequeno e agradável Ribston — perguntou o diretor —, instalou-se bem na suíte? Quer que enviemos um pouco de salsicha para ele?

— Ele não come depois das 18h, senão fica com gases — respondeu o Sr. Akero enquanto dava um gole no vinho caro que havia pedido.

Hazelwood concordou com a cabeça.

A pequena Srta. Pomona havia jogado a boneca que ganhara do diretor no chão.

— Essa comida é nojenta! — ela disse. — Quero ir ver televisão.

— Claro, minha menininha — falou a Sra. Akero. — Logo mais vamos subir. Precisamos ver como está o Ribston, não é verdade?

Quando todos os hóspedes foram para os seus quartos, Marco e Maia se sentaram no salão, dividindo um refrigerante e desfrutando do silêncio.

O tio Luís já tinha ido para casa, e dali a pouco Maia e Marco fariam o mesmo.

Foi então que ouviram um grito vindo do andar de cima.

CAPÍTULO 5

O cachorro desapareceu

"Quem será que gritou? Parecia ser a Sra. Akero! O que aconteceu?", pensaram.

Marco e Maia saíram correndo do salão, voando escada acima. O diretor também se dirigiu rapidamente ao segundo andar. Ele estava com uma faixa ensanguentada em torno da mão!

"O que será que ele havia feito?", pensaram Marco e Maia. Mas não havia tempo a perder.

Os três alcançaram o corredor do andar onde a família estava hospedada.

Nesse momento, abriu-se a porta do quarto ao lado da família Akero, e de lá saíram Rita e Pierre!

"O que estariam fazendo lá?", ficaram imaginando Marco e Maia.

E, de repente, apareceu Rune Andersson andando a passos largos pelo corredor. Ele estava sorrindo!

"O que será que fez com que esse rabugento ficasse de bom humor?", desconfiaram Marco e Maia.

Pelo jeito, todos os funcionários estavam fazendo algo estranho naquela noite.

O diretor com sua mão ensanguentada, Rita e Pierre no quarto ao lado da suíte da família Akero e Rune Andersson de bom humor.

"Tem algo de muito estranho acontecendo aqui", pensou Marco em sussurrar para Maia, mas se conteve quando a porta do quarto da família Akero se abriu.

— O Ribston sumiu! — gritou a Sra. Akero. — Não está em parte alguma de nossa suíte. Procuramos em todos os lugares! Ele deve ter sido roubado!

O Sr. Akero estava correndo de um lado para o outro pelo corredor,

com a almofada de veludo em uma mão e uma salsicha na outra. Tentava chamar a atenção do cachorro.

Depois de um tempo, ele desistiu e passou a berrar com o diretor do hotel:

— Se o Ribston não aparecer em uma hora, ficarei com pena de você!

O diretor estava suando e implorava calma. Jurou que o hotel inteiro seria vasculhado. Rita, Pierre, o diretor, Rune, Marco e Maia correram para lados diferentes. Todos os cantos, os inúmeros armários do porão e até o sótão foram verificados. Mas nem sinal de Ribston.

Uma hora mais tarde encontravam-se todos reunidos novamente na porta do quarto dos Akeros.

Hazelwood ficava mexendo no curativo de sua mão. Hesitou um pouco, até que finalmente bateu.

O Sr. Akero abriu:

— Então, nós... hmmm... não... — murmurou o diretor.

— Vocês não encontraram o cachorro?! — gritou o Sr. Akero. — Que escândalo! Nós queremos reembolso pelo Ribston, que, pelo jeito, sumiu para sempre.

Deixaremos o hotel amanhã cedo. Vocês devem se dar por satisfeitos de não envolvermos a polícia, mas o custo do quarto fica por conta do hotel.

A Sra. Akero cambaleou, encostou-se contra a parede do corredor, colocando a mão na testa.

— É claro! — prontificou-se o diretor.

O Sr. Akero bateu a porta do quarto.

Foi um grupo triste que se despediu naquela noite no corredor. Maia e Marco desceram as escadas pensativos.

— Tem algo que não está certo — disse Marco. — Eu posso sentir.

Eles voltaram para o salão onde o fogo da lareira virara brasa. Marco e Maia se sentaram no sofá e repassaram tudo o que sabiam.

— Um cachorro que vale 200 mil coroas desapareceu — começou Marco. — O animal não conseguiria fugir de um quarto de hotel trancado, então deve ter sido roubado. Quem está precisando muito de dinheiro? Todos os funcionários sabem que a chave mestra, que abre todas as portas do hotel, fica pendurada na recepção.

— Roni Hazelwood precisa de dinheiro para o hotel — continuou Maia. — E está com a mão ferida. Será que ele pegou Ribston? E o cachorro raivoso mordeu sua mão, enquanto ele o roubava?

— Rita e Pierre querem abrir um restaurante e necessitam de 200 mil coroas para começar o negócio. O que faziam no quarto ao lado do da família Akero? Será que estavam ouvindo pela parede e entraram na suíte enquanto todos dormiam? E pegaram o cachorro para ter capital? — perguntou Marco enquanto olhava para a brasa.

— Ou terá sido Rune Andersson, aquele rabugento? — cogitou Maia. — Por que será que ele de repente estava tão feliz? Ninguém tem acesso tão fácil à chave mestra como ele. Se vendesse o cachorro, sem dúvida teria dinheiro para comprar aquele selo que tanto quer.

— Mas há algo que me parece muito familiar com os Akeros — disse Marco pensativo.

— Tive uma ideia! — disse Maia. — Venha!

CAPÍTULO 6

Caiu na rede

Maia carregou Marco consigo. Eles atravessaram o hotel que estava completamente às escuras. Por fim, chegaram ao escritório do diretor, tudo permanecia em silêncio. Maia testou a porta, que estava destrancada. Em seguida, eles entraram. Maia foi até a escrivaninha onde encontrava-se o computador. Ela o ligou, e ele começou a fazer barulho. Então, clicou no ícone para acessar a internet.

— Vamos procurar na rede. Existem milhares de páginas com todos os tipos de informação. É bem provável que encontremos algo!

— Boa ideia — disse Marco.

— Vamos escrever tudo o que sabemos e depois é só clicar em "procurar" — falou a garota.

Maia escreveu "basset maçã chinesa". Demorou um pouco, mas veio a resposta: nenhum resultado.

Aquilo significava que não havia nenhuma informação na internet sobre a raça de cachorro chamada basset maçã chinesa.

— Eu devo admitir que, se não há nada na internet sobre esse cachorro, então, essa raça não existe — concluiu Maia.

— Você quer dizer que a família Akero mentiu em relação ao seu bicho de estimação? Mas por quê?

— O que sabemos sobre essa família? — perguntou Maia.

— Só como se chamam — comentou Marco.

Maia digitou os nomes Akero + Pomona + Ribston e clicou em "procurar".

Novamente, o computador iniciou a pesquisa. Dois segundos mais tarde, um *link* apareceu: "diferentes tipos de maçãs no mundo".

— Eu sabia! — disse Marco baixinho.
— Tinha algo de familiar em seus nomes.

Já os havia escutado antes, mas não em pessoas, e sim em relação a maçãs. Todos os membros da família têm nomes de tipos de maçãs. Continue a procurar, Maia!

Ela clicou no *link* e então apareceu uma longa lista de tipos de maçãs diferentes.

— Arrá! — disse Marco. — Agora sabemos que não existe nenhuma raça de cachorro chamada basset maçã chinesa. A família pegou seus nomes de diversos tipos de maçãs. O que faremos agora? Tenho certeza de que a família Akero trama algo duvidoso. Mas necessitamos de provas!

Ele olhou para Maia que estava se balançando na cadeira do diretor Roni Hazelwood.

— Precisamos de mais peças desse quebra-cabeça — ela disse decidida. — Não sabemos mais nada?

Marco suspirou. Parecia que não iriam chegar a lugar nenhum, e seria um caso sem solução.

— Já sei! — gritou Marco. — Sabemos que já se hospedaram em hotéis de Estocolmo, Gotemburgo e Malmö.

— E como isso poderia nos ajudar? — perguntou Maia.

— Você não entendeu? — disse Marco. — Vamos comparar a lista de tipos de maçãs com as cidades de Estocolmo, Gotemburgo e Malmö. Depois, veremos se o computador acha alguma conexão entre os tipos de maçãs e os lugares.

Marco e Maia digitaram tudo e esperaram novamente a resposta. Apareceu uma série de artigos de Estocolmo, Gotemburgo e Malmö.

— Bingo! — vibrou Marco.

Então, eles entraram nos *links* dos artigos que falavam sobre uma tal família que perdera seu cachorro em oportunidades diferentes dentro de hotéis de luxo na Suécia!

Nos vários jornais de Estocolmo, Gotemburgo e Malmö puderam ler:

Cachorro perdido no
Grande Hotel em Estocolmo.
Família Gravenstein desesperada.

Escândalo em
hotel de Gotemburgo.
Família Tillisch às lágrimas.

Drama em Malmö. Quem pegou
o cachorro? Sr. e Sra. Granny Smith
perderam seu xodó.

Marco e Maia continuaram a ler os artigos. A família parecia visitar vários hotéis de luxo, hospedando-se com nomes diferentes. Na hora de partir, o cachorro valioso sempre desaparecia. A história se repetiu em todas as cidades.

A família hospedada no quarto 13 aparentava ser um grande engodo. Mas, finalmente, foram descobertos!

Marco e Maia se olharam.

Agora era apenas uma questão de fazer a família se entregar. Desligaram o computador e saíram silenciosamente do hotel.

Caminhavam para casa atravessando a cidade vazia. As vitrines enfeitadas para o Natal iluminavam as ruas por onde iam passando. Os olhos deles estavam ardendo de cansaço, mas, naquele momento, já tinham noção do que fariam no dia seguinte.

Capítulo 7

Em uma mala vermelha

Na manhã seguinte, a família Akero se preparava para deixar o hotel. Às 9h da manhã, o diretor Roni Hazelwood desceu as escadas com passos pesados. Era evidente que não dormira muitas horas nessa noite.

Maia e Marco o esperavam, queriam explicar tudo para ele e contar sobre seu plano. Roni Hazelwood ficou radiante de alegria.

— Vocês me salvaram! — ele gritou. — Estou tão feliz! Vou ligar para o delegado agora — comemorou.

Pouco tempo depois, a família Akero desceu as escadas. O Sr. Akero carregava uma grande mala vermelha. A Sra. Akero chorava e a pequena Pomona a seguia olhando para o chão. Marco e o tio Luís foram buscar o restante da bagagem no quarto 13.

Quando tudo estava pronto, o Sr. Akero disse:

— Minha família está destruída. Não dormimos nada nessa noite, por conta da falta do nosso xodó. Não acredito que seu dinheiro venha a nos ajudar nessa tristeza, mas entendo caso queiram pagar para tentar consertar as coisas.

O diretor se abaixou atrás do balcão para não mostrar o quanto estava se divertindo. Ao ficar em pé novamente, já mantinha o controle.

— Nesta manhã chegou uma carta urgente para você, Sr. Gravenstein — ele disse.

O diretor lhe entregou a carta. O Sr. Akero colocou a mala

vermelha no chão e pegou a correspondência, sem perceber que fora chamado de Sr. Gravenstein. Marco e Maia mal conseguiam se conter. Ele estava caindo direitinho na armadilha. Em seguida, o Sr. Akero abriu a carta.

Nela estava escrito:

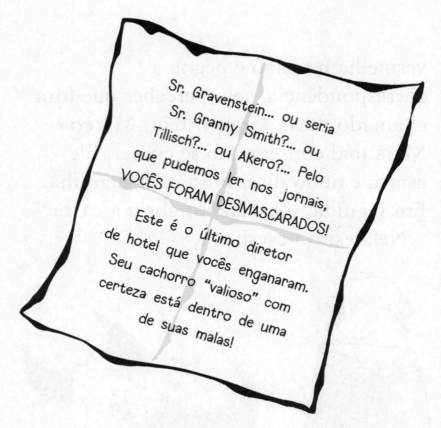

Sr. Gravenstein... ou seria Sr. Granny Smith?... ou Tillisch?... ou Akero?... Pelo que pudemos ler nos jornais, VOCÊS FORAM DESMASCARADOS!

Este é o último diretor de hotel que vocês enganaram. Seu cachorro "valioso" com certeza está dentro de uma de suas malas!

O homem com diferentes nomes de maçãs deu alguns passos para trás. Sua mulher olhava para ele assustada. O farsante se apoiou na mala vermelha, que tombou.

Lá de dentro, conseguiram ouvir um latido abafado: AU!

O Sr. Akero estava completamente confuso.

— Fomos nós que escrevemos a carta — disse Maia. — E acredito que o seu xodó esteja dentro dessa mala — ela continuou enquanto apontava para a mala vermelha.

— Fique quieta, menina!— gritou a Sra. Akero. — Você não tem sentimentos? Acha que colocaríamos o nosso xodó em uma mala de viagem?

Então, escutaram novamente um latido: AU! O Sr. Akero não teve outra saída senão abrir a mala. E lá estava o Ribston, gordo e molenga. Um cheiro horrível se espalhou pela recepção do hotel.

Provavelmente tinham dado algum calmante para que o cachorro ficasse tranquilo. Ao seu lado havia uma salsicha, comida pela metade.

"Pelo menos, a questão dos gases era verdadeira", pensou o diretor.

Nesse momento, o chefe de polícia entrou pela porta principal do hotel.

— Arrá! — ele disse, franzindo o nariz por causa do cheiro. — O diretor me contou tudo por telefone. Quer dizer que estamos falando de um cachorro desaparecido e da tentativa de extorquir uma quantia em dinheiro.

O chefe de polícia apontou para o cachorro.

— Este aqui deve ser o cão desaparecido, e esses aí, os enganadores — ele falou, olhando para a família Akero.

A pequena Pomona se agachou e fez um carinho no cachorro, e Ribston suspirou profundamente.

Os funcionários do hotel acompanharam a família com o olhar, que com andar arrastado seguiam o chefe de polícia para fora do hotel.

Quando as portas se fecharam, comemoraram com muita alegria.

O diretor Roni Hazelwood olhou feliz para os seus funcionários, mas especialmente para Marco e Maia, e disse:

— Obrigado, Marco e Maia! Vocês salvaram a mim e ao hotel de uma catástrofe financeira.

Capítulo 8

Mais algumas verdades foram reveladas

O diretor fitou carinhosamente Marco e Maia.

— Prometo a vocês que poderão aproveitar a ceia de Natal do hotel de graça, enquanto viverem!

Mas depois ele se calou, pois muitas questões ainda não tinham sido respondidas.

O diretor se virou para Rita e Pierre.

— O que vocês estavam fazendo no quarto 14 no meio da noite?

Todos os olhares se voltaram para o casal. Pierre mirou os seus sapatos. Rita ficou corada até as orelhas.

— Nós nos amamos — Rita disse por fim. — E o que um casal apaixonado faz em um quarto não é nada que deva ser perguntado. Que coisa feia, diretor! — completou Rita e sorriu.

Nessa hora, até o diretor ficou corado.

Então, Roni Hazelwood interrogou Rune Andersson.

— E você, Rune, por que estava tão feliz ontem à noite?

O sorriso estranho voltou ao rosto de Rune.

— O selo queimou — ele falou. — A loja que ia vendê-lo pegou fogo ontem à noite.

— Achei que você queria muito aquele selo — disse o diretor em tom de curiosidade.

— Com certeza! Nada me faria mais feliz. Mas como não tenho dinheiro para comprá-lo, fiquei satisfeito que ninguém o terá.

O diretor balançou a cabeça. Rune Andersson era e continuaria sendo estranho, mas isso não o transformava em um bandido.

— E, agora, entendo que vocês queiram saber o que aconteceu com a minha mão — ele falou, mostrando a mão enfaixada.

— Vocês provavelmente acharam que tinha sido o terrível Ribston que me mordera — riu o diretor. — Na verdade, foi algo muito simples, eu me cortei com um copo ao limpar a cozinha.

Uma vez que o caso já estava resolvido, todos puderam relaxar. O diretor convidou o grupo para tomar café, refrigerante e comer sanduíches de presunto no refeitório. Todos falavam ao mesmo tempo sobre o ocorrido, quando alguém bateu à porta. Era o zelador da igreja, Joca Svensson.

— Desculpem-me se atrapalho, mas gostaria de saber se esqueci meu cachecol no armário, depois de vir aqui ontem para a ceia de Natal. Ele é vermelho com maçãs verdes — disse cautelosamente.

— As únicas maçãs que encontramos estão presas na delegacia — brincou o diretor do hotel, Roni Hazelwood.

Todos no refeitório caíram na risada. Roni Hazelwood, Rita Heijalainen, Pierre Rousseau, tio Luís, Marco e Maia gargalharam até que lágrimas começassem a escorrer. Mesmo o ranzinza Rune Andersson sorriu um pouco.

O zelador da igreja não entendeu nada, mas por fim recebeu seu cachecol de volta e os funcionários do hotel retornaram às suas tarefas habituais.

Quando todos já tinham saído, o diretor se voltou para Marco e Maia:

— É bem provável que venham a escrever sobre o meu hotel nos jornais em breve. Quero que vocês saibam que isso será muito bom para o meu negócio. Então, gostaria de agradecer mais uma vez! — ele disse enquanto apertava as mãos de Marco e Maia.

Lá fora, começou a nevar e a paz natalina finalmente desceu sobre a pequena cidade.

E, realmente, no dia seguinte, algumas coisas foram escritas no jornal:

Marco & Maia resolvem mais um caso

Com grande habilidade e sólidos conhecimentos de nossa tecnologia atual, os jovens detetives Marco e Maia conseguiram mais uma vez solucionar um caso complicado.

Desta vez, os enganadores, de alto nível, foram pegos no flagra. Uma família, que utilizava nomes falsos, durante anos passou por vários hotéis do país. Sempre que chegava a hora de pagar a conta, o cachorro dessa família desaparecia. Os diretores dos hotéis optavam por deixá-los sair sem pagar, para evitar qualquer processo.

O chefe de polícia de Valleby pediu para avisar que, de certa forma, a família continua vivendo de graça, mas que é preciso achar um lar para um "basset maçã chinesa".

Este livro foi reimpresso, em 2ª edição, em fevereiro de 2025, em papel Pólen Bold 70 g/m², com capa em cartão 250 g/m².